Made in the USA
Columbia, SC
26 November 2024

UN REGARDE DE TROP

CSimon Publishing LLC
6719 Tower Dr. Alexandria VA. 22306

Droits d'Auteur

Titre : UN REGARDE DE TROP
Auteur : Michelove DORCENA
Édition : CSimon Publishing llc
Date de Publication : 2024

Tous droits réservés.

© 2024 par Michelove DORCENAT.

Tous les droits sont réservés. Aucune partie de cet ouvrage, y compris mais sans s'y limiter, les textes, les illustrations, les photographies, les graphiques, les diagrammes, les tableaux et tout autre contenu, ne peut être reproduite, distribuée, transmise, ou traduite sous quelque forme ou par tout moyen électronique, mécanique, en photocopie, enregistrement audio, ou tout autre procédé, sans l'autorisation écrite préalable de l'auteur, sauf dans les cas prévus par la loi.

Droit de reproduction :

La reproduction de toute partie de ce livre est autorisée uniquement avec l'accord préalable de l'auteur ou de son représentant légal. Toute reproduction ou transmission non autorisée constitue une violation des droits d'auteur et peut entraîner des poursuites légales.

Droit de citation :

Les citations de ce livre peuvent être faites en respectant les usages académiques et sous réserve que la source soit clairement indiquée, conformément à la législation sur les droits d'auteur en vigueur. Toute citation excédant les limites de l'usage raisonnable devra faire l'objet d'une demande d'autorisation préalable.

Droits de traduction et d'adaptation :

Tous les droits de traduction, d'adaptation ou d'édition dans d'autres médias (films, télévision, radio, etc.) sont réservés. Toute demande de droits de traduction ou d'adaptation devra être adressée à l'auteur ou à son éditeur.

Avertissement légal :

L'auteur de ce livre a pris toutes les précautions nécessaires pour s'assurer que les informations contenues dans cet ouvrage sont exactes et fiables au moment de sa publication. Cependant, l'auteur et l'éditeur ne peuvent être tenus responsables des erreurs ou omissions éventuelles. Les opinions exprimées dans ce livre reflètent celles de l'auteur et ne sauraient engager la responsabilité de l'éditeur ou de toute autre personne associée à la publication de cet ouvrage.

ISBN: 9798346459927

Préface

'Il y a un moment ou la curiosité devient un péché, et le diable s'est toujours mis du côté des savants', stipula Antoine France.

Etre curieux, c'est avant tout s'arroger en chercheur sans formation académique sur des sujets variés qui dépassent son entendement.

Pour satisfaire cette curiosité, on jette un regard par ci, un regard par là et peut être, un regard de trop. Et la curiosité, malgré tous ses attraits, goûte souvent bien des regrets. Aller fouiner en solitaire ou avec des complices présente une grande différence puisqu'on n'aura pas à affronter le diable seul. Cependant, il reste à savoir si on peut vraiment compter sur l'autre ou sera-t-on contraint à combattre seule celui qui parait invincible.

C'est à vivre cette histoire passionnante, intrigante et pleine de suspens que vous invite Michelove DORCENAT à travers son premier roman ayant pour titre « UN REGARDE DE TROP ». Un véritable chef d'œuvre littéraire retraçant le parcours tumultueux de quatre jeunes amis qui ont su faire preuve d'une solidarité hors pair. Vont-ils réussir avec ou sans l'aide des ainés ?

Je vous encourage à délecter ce roman de Michelove avec un regard curieux que j'espère n'être pas de trop sous la plume à l'ancre dorée de la romancière.

Makenson CAJUSTE, le poète de l'an 2000
Poète, journaliste et professeur de langues.

Introduction

Dans un monde où les apparences façonnent souvent notre perception des autres et de nous-mêmes, il est facile de se laisser entraîner dans des jugements hâtifs et de passer à côté de la profondeur réelle des individus et des situations. C'est cette réflexion sur le regard, sur ce qui se cache derrière les premières impressions et les premières perceptions, que ce livre *"Un regard de trop"* cherche à explorer.

L'idée d'un « regard » peut sembler banale, voire triviale, mais elle cache une vérité fondamentale sur la nature humaine : chaque regard échangé, chaque geste observé, porte en lui une charge de signification bien plus vaste que ce que l'on imagine. Un simple regard peut refléter des rêves, des espoirs, des peurs, des luttes et des souffrances invisibles à l'œil nu. Pourtant, ce regard n'est pas seulement une observation. C'est aussi une porte ouverte sur l'âme, un miroir de l'invisible qui, souvent, révèle bien plus que ce qu'il montre.

Un regard de trop est une invitation à regarder au-delà des apparences, à scruter l'invisible, à lire les non-dits, à entendre ce qui reste souvent silencieux. Chaque page de ce livre vous invite à explorer le poids du regard, à comprendre l'impact des jugements, mais aussi à questionner la manière dont nous nous percevons nous-mêmes et les autres à travers les filtres de nos propres croyances et expériences.

Ce livre n'est pas une simple exploration de l'œil humain, mais une réflexion plus large sur les perceptions, les faux-semblants, et les vérités cachées. À travers les histoires, les réflexions et les observations qui composent *Un regard de trop*, nous vous offrons une plongée dans la complexité des relations humaines et dans les dilemmes de la condition humaine. Nous vous invitons à regarder le monde différemment, à voir au-delà de ce qui est visible et à comprendre que chaque regard porte une histoire, chaque jugement une expérience.

Dans ce voyage, le « regard de trop » n'est pas seulement un regard extérieur. Il incarne aussi celui que nous portons sur nous-mêmes, celui qui parfois nous empêche de voir notre propre valeur, nos propres aspirations et notre potentiel véritable. Comment le regard des autres, ou même le nôtre, peut-il altérer notre perception du monde ? Comment pouvons-nous, à travers ce regard, trouver une voie vers la réconciliation, la compréhension et la vérité intérieure ?

Ce livre vous invite à ouvrir vos yeux et votre cœur, à dépasser la superficialité des premières impressions, et à saisir la profondeur des histoires qui se cachent derrière chaque visage. Dans un monde où les regards se croisent, mais rarement se rencontrent réellement, *Un regard de trop* est un appel à regarder autrement, à regarder avec une attention renouvelée, et surtout, à regarder sans jugement, mais avec une pleine conscience de l'humanité qui réside en chacun de nous.

Ainsi, à travers chaque page, chaque mot, chaque réflexion, nous vous invitons à laisser tomber vos filtres et à poser un regard neuf sur les autres et sur vous-même. Parce qu'en fin de compte, c'est seulement lorsqu'on ose voir au-delà du visible que l'on peut véritablement comprendre et, peut-être, trouver un chemin vers la paix intérieure et la réconciliation avec soi-même et avec le monde qui nous entoure.
Ouvrez donc les yeux… mais surtout, ouvrez votre cœur.

Cherlin SIMON
Psychologue, Écrivain et Philosophe, défenseur de la rédemption et du changement intérieur.

Avant-propos

La vie, telle que nous la connaissons, est souvent façonnée par ce que nous voyons, ce que nous percevons. Nos regards, qu'ils soient tournés vers le monde extérieur ou plongés en nous-mêmes, influencent profondément la manière dont nous vivons, interagissons et comprenons notre environnement. Cependant, il arrive que ce regard, ce simple acte de voir, devienne un piège. Un regard peut être trop. Un regard peut blesser. Mais il peut aussi, si nous savons l'apprivoiser, éclairer le chemin vers une meilleure compréhension de nous-mêmes et des autres.

Un regard de trop est né de cette réflexion profonde : et si notre perception de la réalité n'était qu'un reflet incomplet, influencé par nos préjugés, nos peurs et nos blessures ? Et si, pour voir véritablement, nous devions regarder autrement, au-delà des apparences et des jugements immédiats ?

À travers ce livre, je vous invite à un voyage. Un voyage pour découvrir ce que les regards dissimulent souvent et ce qu'ils révèlent aussi. Un voyage pour remettre en question nos certitudes, nos façons de juger et de voir le monde. C'est un appel à regarder avec une attention renouvelée, à voir les détails invisibles à l'œil nu, à saisir la beauté et la complexité de chaque moment, de chaque rencontre.

Mais ce livre ne se contente pas d'explorer le regard extérieur, celui que l'on porte sur les autres. Il vous invite aussi à porter un regard plus doux et plus juste sur vous-même. Parfois, notre plus grand obstacle est l'image que nous avons de nous, les jugements que nous portons sur notre propre existence. Dans cette quête de vérité, apprendre à voir au-delà de nos propres filtres peut être la clé pour trouver la paix et la liberté intérieure.

Chaque page de ce livre est une invitation à regarder avec plus de profondeur, de sensibilité et de bienveillance. C'est un appel à nous libérer des regards limitants, de ceux qui enferment et jugent, pour faire place à un regard ouvert, généreux et éclairé. Car c'est en apprenant à voir véritablement que nous pouvons changer notre vision du monde et, par conséquent, notre manière d'y vivre.

Je vous invite donc, cher lecteur, à poser vos yeux sur ces mots avec l'esprit ouvert et le cœur léger. À travers *Un regard de trop*, que vous découvriez non seulement l'essence des autres, mais aussi celle qui réside en vous.

Bienvenue dans ce voyage de regard et de compréhension.

Michelove DORCENAT
Juriste/ Avocate

Un regard de trop

Village d'Howen sur l'île de Micthika

Sur l'île de Micthika se trouva le village d'Howen, bien connu pour sa beauté, sa couleur vive et sa joie, c'était le village le plus riche de toute l'île, de par ses normes, ses coutumes qui doivent être respectés par les villageois, les champs de maïs flottaient toujours au gré du vent avec leurs couleurs en floraison, vu leurs unissons avec le bleu du ciel, et la couleur jaune vif du soleil, la mer avait une telle clarté qu'elle reflétait la magie. Le village avait une sélection des choses remarquables d'amour et de gaieté.

La pierre Kiwi, sur la coline de Foca

Plus haut sur la colline de Foca, se trouva la pierre nommée kiwi, cette pierre qui gisait sur la colline depuis des lustres, gardait le village, la survie des animaux et des villageois. Il y avait une belle vie, il y avait de la solidarité et de l'amour.

La famille d'Adrien habitait le village depuis déjà vingt ans. Connu pour sa curiosité, Adrien était aussi serviable, il sortait chaque après-midi pour jouer avec ses amis, soit pour sauter d'une branche d'arbre à une autre, plonger dans la mer et courir après les animaux dans les vastes champs qui entoure sa maison.

Le Jeune Adrien regardant la pierre de Kiwi de loin, avec intention de le toucher

- J'adore tellement ce village ! dit Adrien en tendant les mains en direction de la colline.

Adrien et ses amis ont l'habitude de tout faire ensemble : manger, boire, travailler, jouer et même tenter l'impossible. Ils étaient au nombre de quatre : Zouki, Marie, Julie et Adrien lui-meme.

La curiosité

- J'aimerais atteindre la colline de Foca et toucher le Kiwi proposa Adrien, l'air rêveur
-Non Adrien, tu sais bien que c'est dangereux et quel malheur cela pourrait causer au village intervint Zouki
-Oui, mais c'est mon rêve persista Adrien
-C'est bien pourtant la règle du village, sinon, tout sera ruiné, tu le sais bien, alors arrête d'être aussi curieux intervint Julie
 -Tu dois obéir Adrien dit Marie
-Blablabla, je n'ai pas dit que je vais enlever la pierre les amis dit-il en se mettant debout, j'ai simplement envie de la toucher.
-La légende raconte que c'est seulement une personne au cœur charitable et gentil qui peut toucher cette pierre ou la retirer conseilla Marie

-Ah Marie, épargne-moi toute cette littérature et tes histoires à faire dormir debout, je sais ce que je fais insista Adrien, têtu

Le kiwi était la pierre qui gardait la survie, la clarté et la joie du village depuis des décennies. D'autres esprits ont longtemps essayé de la capturer mais en vain, car celui qui la possédera aura une grande puissance, puisque la colline a été bénie par les dieux.
D'un mouvement mièvre, Marie se leva et dit fermement :

'Rentrons chez nous, maintenant, il se fait tard'.
Tout au long du chemin, Adrien n'arrêtait pas de penser à cette pierre mystérieuse, pour laquelle tous ont une profonde estime et du respect. Comme toujours, il trouva une excuse valable a ses parents, simplement dans l'intention de sortir pour admirer le kiwi. L'idée d'avoir en sa possession cette pierre était plus forte que lui. Il se dit, qu'après tant d'années il sera le premier

être humain à le faire, à la toucher sans que rien n'arrive au village.

Ce soir-là, ne fût pas comme les autres. Adrien était bouleversé, comme s'il ne se sentait pas seul, il dessinait une pierre brillante, dont la ressemblance avec le kiwi était très remarquable.

-Mon fils, appela son père en rentrant dans la chambre

- Oui, père.

Son père avança près de lui et regarda le dessin

-Pourquoi tu aimes tant dessiner le kiwi ?

-Papa, je l'adore, quand je suis près de la colline, il y a entre nous une sorte d'attraction, mon rêve c'est de le toucher

Son père fronça les sourcils

-Non Adrien, je sais que tu es curieux, mais là, ce n'est pas du jeu. La pierre protège le village contre l'ennemi depuis des dizaines d'années. Les anciens ont établi cette règle et personne ne doit y déroger, sinon, nous aurons de grave problème puisque les parents du village seront transformés en statue de sel, à cause de la désobéissance

Adrien regarda encore une fois le dessin.
-Mais père, tout ceci n'est qu'une légende, des histoires toutes inventées. Je ne crois pas qu'une simple pierre peut garder la survie de tout un village

Son père avança près de lui et dit :
'Écoute fiston, ce village n'était pas aussi paisible comme tu le vois aujourd'hui, les anciens ont été autrefois des esclaves. Même l'oracle en faisait partie. Il y avait l'armée de Touroupa qui avait massacré dans une grande bataille notre village et gardait en détention ceux et celles qui leur paraissent utiles. Ils avaient massacré les plus jeunes, les enfants furent violés pour la plupart et arrivent à en mourir sous le poids de la douleur. L'armée touroupaise avait pris en sa possession les terres, les animaux, les femmes. L'oracle avait décidé de faire appel aux dieux pour mettre fin à cette débandade, heureusement, les dieux avaient écouté ses évocations même quand la solution

avait été difficile. Un jeune garçon, au cœur pur, devra rencontrer la daurade de l'île que les dieux allaient envoyer et de récupérer la pierre. Bien entendu, le plus difficile était de trouver ce garçon, mais comment trouver un garçon de ce genre ?'

Le Père d'Adrien, après une conversation avec son fils

Le père d'Adrien pris une pause avant de continuer

-Et oui, ils l'ont trouvé ce garçon. Le jeune homme était très courageux, il avait obéi aux instructions en récupérant la pierre entre la gueule de la daurade, la plaça sur le front de l'oracle après s'être battu vaillamment contre lui. La pierre avait absorbé tout le pouvoir de l'oracle, ce qui a aussi entraîné la disparition de l'armée touroupaise. Le jeune homme a mis la pierre sur la colline de Foca, où les dieux vont la bénir. L'oracle de l'armée touroupaise fut transformé en une feuille dorée. Donc tu vois, personne n'a le droit de toucher à cette pierre, ce serait comme piétiner la bénédiction de la colline et de la pierre, sinon le malheur s'abattra sur le village et les villageois.

-Quelle belle histoire ! S'exclama Adrien

-Promets-moi que tu resteras loin de la colline ordonna le père en fronçant les sourcils.

En regardant l'air sérieux de son père, Adrien promis à contrecœur.

-Bien. fit son père

Ce dernier se leva pour sortir, quand Adrien l'interpella.

-Père, qui était cet homme ? Celui qui avait placé la pierre sur le front de l'oracle

Le père sourit et répondit d'un air triste

-C'était ton arrière-grand père fiston, à présent, repose toi petit, dit-il en fermant la porte derrière lui.

Adrien alla se coucher, les yeux rivés sur la fenêtre de sa chambre et se posa des tas de questions : C'est quoi encore cette feuille dorée ? Où est-ce qu'elle se trouve ? Y aurait-il du malheur si je touche le kiwi ? Pourquoi il s'intéresse tant à cette pierre ? Était-ce parce que c'est son grand-père qui l'avait placé sur la colline de Foca ? Ou encore, sur le front de l'oracle ?

À force de diriger ses pensées vers des routes sombres à des questions, il s'endort profondément.

Adrien se retrouva dans une chambre noire, sans issue, il cria le nom de son père, rien n'y fit, il décida de courir ici et là, jusqu'à l'épuisement, et c'est là qu'une personne lui tapota l'épaule.

-Adrien, n'aie pas peur, je suis ton grand-père, je connais ton envie et je le comprends raconta l'inconnu.

J'ai été comme toi.

-Grand-père ?

-Oui, Adrien tandis qu'il tendit les bras en signe de réconfort, Adrien l'embrassa.

-Ton père te ment, si tu touches le kiwi, tu auras toute la puissance du monde et rien ne pourra te vaincre (expliqua l'inconnu)

Adrien se détacha de lui, l'air abasourdi

-Mais si je touche la pierre, le village sera ruiné, le malheur s'abattra sur le vil…

-Et il te ment dit l'inconnu en coupant la parole brusquement à Adrien. T'es un petit garçon très intelligent, pour augmenter cette intelligence, tu peux tout simplement toucher la pierre, personne ne le saura si tu la jettes dans le trou de lefani. Le village aura toujours sa puissance, ça, ton père te le cache, il ne pourra pas l'accepter car tu seras plus fort que lui.

-Et la survie du village ? demanda Adrien

D'un sourire espiègle l'homme répondit

-Tu crois à cela toi ? Une simple pierre ? C'est faux fiston, fais-moi confiance. Lança-t-il à voix haute. T'es le seul héritier, essaie et tu verras...

Tandis que la voix de l'inconnu résonna dans toute la pièce, Adrien se réveilla en sursaut, mais resta allongé, en se disant : je suis l'héritier de la pierre, si grand-père le dit, c'est donc la vérité, en plus...

-Adrien, viens vite cria la voix de sa mère

Il descend du lit, se frotta la joue tout en enfilant sa petite veste.

-Oui mère, me voici, dit-il en s'appuyant sur la table

-Zouki t'attend dehors lança sa mère

-Tu as oublié notre rendez-vous Adrien, dit Zouki en rentrant dans la cuisine, les autres t'attendent dehors et nous devons nous dépêcher !

-Oui, je sais, répondit calmement Adrien
- Nous devons ramasser autant de bonbons pour nous amuser après la chasse, ajouta Marie, l'air heureux.
-D'accord. J'arrive dans cinq minutes dit Adrien en montant le petit escalier.
Chaque fin des mois, l'oracle passe et jette toujours des dizaines de bonbons aux enfants, c'est l'une des traditions du village

-Waouh ! S'exclama Julie, j'ai eue vingt-neuf bonbons, j'ai eu vingt-neuf bonbons dit-elle en sautant de joie.
-Moi même j'en ai vingt et toi Marie demanda Zouki.
-J'ai ramassé dix bonbons répondit Marie, et toi Adrien demanda-t-elle.
-Adrien, cria Zouki et Marie en même temps.
Adrien regarda la forêt, comme s'il essaie de marquer un territoire, il n'écoutait pas la discussion et ne savait pas de quoi ils parlaient
-Quoi ? demanda-t-il avec un air lointain.

Julie avança près de lui.

-Qu'est-ce qui ne va pas à Adrien ? Tu es pâle et tu ne parles presque plus dit Julie en touchant son épaule.

Adrien se retourna en direction de Marie.

-J'ai eu zéro bonbon, je dois rentrer à la maison maintenant répondit Adrien d'une voix sèche.

-On partagera nos bonbons avec toi proposa Marie.

-Rentrons alors répondit Zouki.

Sur la route du retour, ils blaguèrent, tout en jetant des cailloux dans les ruisseaux. Adrien écoutait à peine et répondit aux questions qu'il avait eues la chance d'écouter. Ils marchèrent en échangeant leurs rêves, comme Zouki qui aimerait être un psychologue, Marie une vedette. Adrien resta à l'écart en jouant avec les pierres, et se dit intérieurement : dois-je saisir cette occasion pour monter sur la colline ? En levant la tête, il aperçoit une route et c'est ainsi, sans réfléchir, il décide de s'y aventurer, sans que ses amis ne s'aperçoivent et sans l'idée de rouspéter, il se rua vers la route.

C'était une route sombre, avec des arbres bien alignés mais qui offrait une couleur très sombre, très humide. La forêt était dense, ses chaussures éclaboussent la boue, tout ceci lui donnait froid dans le dos mais déterminé plus que jamais et sans regret, il s'enfonça de plus en plus dans la forêt jusqu'à arriver au bas de la colline de Foca.

-Enfin, dit –il. Waouh ! S'exclama t'il en regardant le kiwi, si près de lui

La pierre avait une couleur éclatante même lorsqu'il faisait jour, c'était une pierre constituée de carbone pur, elle avait une couleur rouge vif, et était très importante, car elle venait de la daurade de l'île et des dieux. La pierre brillait de mille feux et scintillait d'une lumière divine pour la conservation du village, des animaux et du villageois.

-Je dois monter là-haut dit Adrien en exécutant sa pensée.

Quelques minutes plus tard.

-Où est Adrien, demanda la mère d'Adrien ?
Julie regarda la route et fronça les sourcils.
-Non, mais il était avec nous il y a un instant raconta Julie.
Zouki s'approcha de la route et cria le nom d'Adrien.
-Où est Adrien ? Demanda-t-elle, l'air inquiet. Il n'était pas avec vous ?
-Oui madame, mais il n'a même pas ramassé de bonbons expliqua Marie.
La mère d'Adrien lança un regard inquiet, remplit de pitié.
-Nous allons retourner vers la route et nous reviendrons avec Adrien dit Zouki avec une touche d'espoir.
À peine qu'il eût fini de prononcer ces phrases, le sol trembla et les oiseaux s'envolèrent
-Qu'est ce qui c'était ? Demanda Julie les yeux écarquillés.

-Aucune idée répondit Zouki.
- Il y a un danger, je dois retrouver mon fils, je dois retrouver mon fils. Lashka, Lashka, cria- t-elle, affolée.
-Je vais regarder sur la route de coniche, proposa Zouki.
-Nous venons tous avec toi, proposa Marie
- Lashka, où es-tu ? Cria-t-elle
-On y va dit Julie.
Ils sortent en courant, sans écouter les conseils de la mère d'Adrien.

-Adrien cria Marie
Tandis qu'il se retrouvèrent déjà sur la route de coniche, ils crient le nom d'Adrien, ils courent partout tout en visitant les grottes, les buissons, les mers.
-Adrien ! cria Zouki. Oh non ! Où est-il ?
-Il était tellement bizarre aujourd'hui, vous pensez qu'il ne veut plus être ami avec nous demanda Julie
Marie avança près de Zouki

-Non, Adrien n'est pas de ce genre, il avertit toujours avant de sortir, dit Marie
Zouki écarquilla les yeux
-Et s'il était sur la colline de Foca ?
-Oh non, non ! Il ne fera pas cela, il l'avait bien promis, ajouta Julie.
-Et où est-il maintenant ? Venez, proposa Zouki.

Adrien fut obsédé et en même temps abasourdi par la splendeur de la colline et de la pierre, qui a été bénite par les dieux. Un peu plus loin à gauche, il y avait le trou de lefani. La couleur verte des arbres allait en unisson avec la couleur rouge vif de la pierre. Il avait un grand, magnifique et somptueux éclat. Adrien posa son regard sur le kiwi et avança d'un pas nonchalant, il tendit une main tremblante vers la pierre tout en croyant qu'il était l'héritier, il se dit : "je vais la toucher et revenir chez moi très puissant"
Ainsi, il toucha le kiwi, et le bougea de sa place, inconscient du danger et ensorcelé, il jetta la

pierre dans le trou de lefani, comme l'indiquait l'inconnu de son rêve.

Les eaux du trou de lefani se mirent à monter, et se mettent en ébullition. L'eau du trou jaillit sur la colline en détruisant les herbes sur son passage, les arbres tombèrent l'un après l'autre. Un sentiment de culpabilité envahit Adrien, en voyant la destruction des arbres qui étaient autrefois abondants. Il se sent brusquement seul et il fut perplexe lorsqu'il regarda en direction du village, ce qu'il vit lui coupa le souffle, net.

-Oh mon Dieu, qu'est-ce que j'ai fait ?

- Tu m'as simplement obéi, petit nigaud

Adrien se retourna, il fut pris au dépourvu à la vue de cet homme mystérieux qui ressemblait à une divinité du paganisme, il ressemblait à un dieu qu'on affectionne, qu'on vénère de par sa beauté. Il avait une robe blanche, des barbes d'un blanc éclatant ainsi que ses cheveux.

-Grâce à toi, grâce à ta cupidité et ta curiosité reprit l'homme, je vais prendre tout ce qui m'appartient et détruire ce village. Je suis

Archika, le seul, le véritable et unique oracle de Touroupa, je vais me venger, dit-il en haussant la voix, je vais me venger. Tu entends, je vais me venger.
- Tu m'as ensorcelé et …

L'oracle

Avec un sourire espiègle Archika répond

-Je vais me venger de ton grand père et toi, tu seras mon esclave expliqua Archika, car tu es trop stupide.

-Oh non ! dit Adrien en prenant ses jambes à son coup.

-Attention Zouki hurla Julie.
Zouki esquiva de justesse l'arbre qui tomba avec fracas sur le sol
-Mais qu'est ce qui se passe cria Marie.
-Courez, hurla Zouki.
Un arbre vient de la colline en dévalant avec un signe de danger, détruisant tout sur son passage et prend la direction du village. Un autre arbre tomba avec fracas, tuant des oiseaux, écrasant les nids. Julie prend la main de Marie en tremblant, tandis que Zouki s'effondra sur le sol brusquement.
-Attention Zouki
Zouki, perplexe, se retourna pour voir qui entre ses amis lui avait sauvé la vie.
-Adrien ? dit Zouki l'air étonné et heureux en même temps.
- Rentrons au village, aller ordonna-t-il

Ils coururent, traversant les ruisseaux, esquivant les dangers, et s'arrêtèrent à l'entrée du village.
-Non, non, maman cria Marie. Lève-toi. Non, non pleura-t-elle en caressant le statut de sa mère
Zouki se retourna en direction d'Adrien
-Que s'est-il passé Adrien ?
-Je suis désolé dit-il en cachant son visage entre ses mains. Tout ceci est de ma faute, j'ai enlevé le kiwi et Archika est en liberté…
Julie, affolée, se retourna vers Adrien
-Qu'est-ce que t'as fait Adrien, et qui est Archika questionna-t-elle ? Regarde le village maintenant. Tu as accordé plus d'importance à ta curiosité qu'à la survie du village et même de nos parents.
- C'est de ta faute tout ça, dit-elle en pleurant
-Je vais tout arranger et…
-Mais comment ? demanda Marie en pointant du doigt le corps de sa mère. Nos parents sont transformés en statue de sel, comment ?
-Je vais tout arranger continua Adrien.

Zouki, de son côté, ne veut pas rentrer chez lui, connaissant la réalité.

-Et bien, je vais t'aider, nous allons le faire ensemble, c'est notre village, ce sont nos parents, c'est nous, encouragea Zouki.

D'un geste brusque, Adrien courut chez lui, ce qu'il vit lui ôta l'espoir, le corps de sa mère gisait sur une chaise non loin de la cuisine et les pieds de son père sont cloués par le sel.

-Adrien, c'est toi ? Appela le père d'une voix faible

-Père !

-Tu m'as désobéi Adrien, dit le père en regardant par la fenêtre.

-Je suis désolé père, j'ai été ensorcelé, que dois-je faire maintenant marmonna Adrien, ravalant ses larmes.

Le père d'Adrien regarda ses pieds

-Il ne me reste pas beaucoup de temps, tout mon corps sera complètement du sel, alors écoute moi fiston.

Adrien hocha la tête positivement

-Emprunte la route de coniche, va tout droit, tu ne dois pas faire le chemin d'à gauche, ni le chemin à droite. Si tu progresses à gauche, tu seras chez les Touroupais, et à droite c'est le plan d'Archika, il utilise toujours sa droite. Tu dois te rendre sur la vallée de Stank dit rapidement le père d'Adrien en regardant ses genoux cloués pas le sel, plus haut de la vallée tu trouveras la maison de l'oracle du village d'Howen, il ne me reste plus beaucoup de temps, une fois le sel atteigne mon cœur, je ne pourrai plus parler, marmonna-t-il avec un léger sourire. Notre oracle répond au nom de Manick, il te dira quoi faire, où aller. Je sais que tu peux le faire fils.
-Je vais tout arranger père pleura Adrien en regardant le sel qui avance au bas du ventre de son père, désespéré, il demanda
-Si je résous le problème, tout reviendra à la normale
-Je ne sais pas trésor, mais il faut essayer, tu dois réparer ton erreur, je sais que tu peux le faire

Encouragea-t-il, je t'aime fort plus que tout, tu es
….

Adrien regarda rapidement le corps de son père et remarqua que le sel avait progressé et avait atteint son cœur. Il pleura en jurant de tout son cœur d'arranger les dégâts, il demanda pardon à sa mère, il demanda pardon et l'aide aux dieux, et se dit à lui même

-Je dois sauver le village.

Il sortit de sa maison et regarda les autres enfants en pleurs, réclamant leurs mamans

-Adrien, pourquoi les enfants ne sont pas en statue de sel, comme nos parents ? demanda Zouki.

Les yeux rivés sur la colline de Foca, Adrien répondit

-Je ne sais pas, mais je sais comment arranger tout ça.

-Et je t'aiderai avança Zouki.

-Nous devons partir au plus vite ajouta Adrien, si Archika vient ici, il fera de nous ses esclaves.

-Et t'as vu le pétrin dans lequel tu as mis le village ? C'est de ta faute tout ça, intervint Marie
D'un regard triste, Adrien expliqua
: 'Je vais consulter notre oracle, je vais sauver le village. Oui, j'ai fait une erreur, pardonnez-moi les amis, j'ai été ensorcelé dans mon sommeil, j'avais cru en un personnage qui a pris la forme de mon grand-père. Il m'a trompé, raconta-t-il avec une touche sincère dans sa voix, mais je vous assure, je sais quoi faire, je vais tout arranger.

-Nous devons être solidaires avec lui dit Zouki, il a commis une erreur et il l'a aussi reconnu
Adrien avança d'un pas.

-Je vais me rendre sur la vallée de Stank, afin de rencontrer notre oracle, raconta-t-il
-Je viens avec toi dit Zouki
-Julie, Marie, vous en dites quoi demanda Adrien.
Marie secoua la tête négativement.

-Je ne sais pas Adrien, je ne sais pas.

-J'ai besoin de votre aide les amis, supplia Adrien

Julie se leva, le regard lointain

-Tu aurais dû penser avant d'agir, protestât-elle.

-Nous sommes tous les amis d'Adrien, depuis longtemps déjà et nous faisons tous des erreurs lança Zouki, Adrien a reconnu sa faute, et il veut tout arranger, Il a même demandé pardon, les filles….

-Je vous assure, je vais tout arranger reprend Adrien après la pause de Zouki.

Alors qu'il regarda un enfant qui joue avec un chien et une balle, ses yeux se posèrent sur la maison de sa mère, dans sa gorge il sentit la montée de la colère alors que son cœur se serre de chagrin pour les autres qui seront bientôt des esclaves.

-D'accord, dit Julie, je viens avec vous.

- Marie ? appela-t-elle.

Tandis que Marie perdit dans ses pensées, pleurant la transformation de ses parents.

-Je viens avec vous, parce que tu es mon ami Adrien et aussi pour sauver nos parents et le village reprend-t-elle. Les amis s'entraident n'est-ce pas ?

Sentant l'espoir, Adrien raconta son plan et tout ce que son père lui avait dit, sans manquer de détail.

-Avant, nous devons emprunter la route de coniche, tout droit, jusqu'à trouver la vallée de stank. C'est là qu'on trouvera notre oracle, Manick et il me dira quoi faire. Archika est l'oracle de l'armée touroupaise, c'est notre ennemi, c'est l'acteur principal de ce désordre, il doit être détruit, on peut le faire, pour sauver nos parents et le village expliqua Adrien en regardant le ciel.

Il prend toujours la direction droite, jamais la gauche. Tout reviendra dans l'ordre, je vous le promets. dit-il en fixant un enfant par devant une hutte.

-Nous sommes tous avec toi, reprend Marie en regardant dans la même direction qu'Adrien.

-Et nous devons faire vite dit Adrien, nous allons passer la soirée dans notre cabane, car bientôt ce sera la nuit.

-Oui, répondit Julie en regardant le village derrière elle.

La cabane où les enfants ont l'habitude de jouer et souvent un lieu d'aventure et d'imaginaire.

Autrefois, ils avaient l'habitude de se rendre dans la cabane pour jouer au cache-cache, blaguer, raconter leurs rêves, marquer l'anniversaire de leurs amitiés, mais aujourd'hui, ils sont là, tristes à l'idée de se cacher contre la venue de l'ennemi. Mais un peu soulagé à l'idée de se miser sur leurs plans, à l'idée d'avoir un espoir, celui de revoir leurs parents et la joie d'autrefois. Adrien ne pouvait pas dormir, il resta éveillé toute la nuit, surveillant la cabane, les oreilles attentives, les yeux fixés sur rien dans le noir, sans rien voir.

    Le lendemain, ils marchèrent pendant des heures, épuisés mais déterminés, ils traversaient les régions de forte altitude et se rappelaient à chaque fois les paroles du père d'Adrien. Au bout d'un jour, ils arrivèrent près de la vallée de stank. Tandis qu'Adrien avança en direction de la vallée, Zouki l'arrêta en lui tenant le poignet.

-Que se passe-t-il, demanda Adrien en regardant autour de lui ?

-Regarde la route, elle est très évasée et très creusée par les cours d'eau montra Zouki d'un geste de la tête, nous serions très épuisés, arrêtons-nous ici pour remplir nos cruches d'eau fraîche, qu'en penses-tu ?
Il fixa le ruisseau qui coule en abondance
-Oui, c'est une très bonne idée admit-il.

Ils remplissent chacun sa cruche, tout en rafraîchissant leur peau, cette eau était fraîche, claire et donne envie d'y rester pendant longtemps. Marie frotta son visage avec de l'eau tout en lançant un regard en direction de la vallée.

-Il est temps de repartir annonça Adrien qui avait vu le geste de Marie.

Ce n'était pas facile, Julie tomba à maintes reprises mais soutenue toujours par Zouki. La route était comme un piège, il y avait beaucoup de trou, le vent soufflait et la poussière couvrait presque le chemin. Il y avait beaucoup de difficulté, ce qui les empêchait d'être plus rapides. Adrien était déterminé, puisqu'il était fautif du malheur de tout le monde, il ne touchait pas à sa cruche, afin d'être léger, il ne ferait pas comme les autres, qui, à chaque pas burent de l'eau, car il voulait renoncer, il voulait révolter contre l'autorité que les Touroupais ou l'oracle voulaient établir.

-C'est une maison exclama Marie.
Ce qui interrompit Adrien dans sa pensée
-Sommes-nous à Stank ? demanda Julie.
Adrien fixa la maison

-Oui, bien sûr, c'est la maison de l'oracle.
C'était une petite hutte, différente des autres. Elle est faite de branchage de couleur dorée, ornée de toutes sortes de fleurs. La hutte montre qu'elle est à base de terre séchée, mais d'une terre différente, d'une qualité peu connue, c'était la maison de l'oracle du village d'Howen. Le jardin autour de la hutte est resplendissant et dégageait une odeur de paille sèche, d'un parfum captivant. L'odeur des fleurs offrait un parfum aromatique et montre qu'elles sont en bonne santé.

-J'y vais annonça Adrien, décidé.
Zouki avança, l'air déterminé

-Je viens avec toi, dit Zouki

-Non Zouki, l'oracle ne reçoit qu'une seule personne et je dois le rencontrer seul, expliqua Adrien. Attendez-moi ici les amis, je reviendrai vite.

Zouki le regarda d'un air suppliant, mais devant la détermination d'Adrien, il s'abstient de persister, il se contente simplement de s'asseoir et d'attendre

-Vous êtes sûr qu'il devrait se rendre seul demanda Julie.

En regardant Adrien qui se dirigeait vers la hutte de l'oracle, Zouki répond

-Je ne sais pas Julie. J'ai simplement confiance en lui.

L'intérieur de la hutte était différent de l'extérieur, car à l'intérieur il y avait une grande structure, de grands livres, des bougies de différentes couleurs, des cruches ornées de fleurs, des coquillages de toutes sortes, des bracelets qui reflétaient la personnalité et l'image des dieux.

-Qui êtes-vous ?
Alors qu'Adrien s'était faufilé par l'embrasure de la porte, il était perdu dans la contemplation de la hutte lorsqu'il entendit une voix raide qui lui fit sursauter, il se retourna pour faire face à l'ancien du village, il était hypnotisé par la taille de l'homme
-Je suis. Je… Je suis Adrien, fils de Lachka, j'habite la maison…non, j'habite le village d'Howen, balbutia Adrien.
Habillé d'une robe blanche qui couvrait tout son corps, le vieillard a des cheveux blancs comme la neige et sa barbe était de la même couleur, une blanche éclatante
-Que voulez-vous ? demanda l'oracle.
Adrien, ne savant quoi faire, s'inclina en signe de respect.
-Avec tout le respect que je vous dois, vous qui représentez la réponse des divinités, vous qui

êtes sages, j'implore votre aide, j'ai commis une erreur, une grave erreur, je regrette tout, du fond du cœur. Que dois-je faire ? demanda Adrien, la tête toujours baissée.

Le vieillard avança vers une grande chaise et s'assit lentement, tout en fixant Adrien

-Je suis au courant du malheur du village, je l'ai vu commença le vieillard d'une voix calme et je sais que c'est toi qui en es la cause, toi, fils de Lachka, petit-fils de Maproko, hum fit-il en fixant une petite marionnette dans un coin. Les dieux sont en colère, parce que tu as piétiné le lieu sacré, ce même lieu qui a été béni par les dieux.

-J'ai été piégé dans m... , intervint Adrien.

-Je le sais dit l'oracle en coupant le discours d'Adrien

-Pardonnez-moi supplia Adrien. Je vais tout arranger, j'ai simplement besoin de votre aide.

Le vieillard se leva calmement et se dirigea vers une petite pièce, tout en prenant soin de fermer la porte derrière lui.

Une heure s'était écoulée depuis que le vieillard s'était rendu dans la petite pièce. Adrien perdit patience, il se leva, et se rassit aussitôt en voyant sortir le vieillard de la pièce avec un petit sceau.
-Les dieux ont accepté ton pardon, ils t'accordent une chance, une seule raconta l'oracle en déposant le sceau sur une petite table.
Adrien se leva et demanda
-Que dois-je faire mon oracle dit-il les poings fermés.
Le vieillard répondit calmement
-Te rendre sur la colline de Foca, toi seul, tu dois récupérer la pierre entre les mains d'Archika, comme ton grand-père, le mettre cette fois sur la main droite de l'oracle touroupais expliqua l'oracle en faisant une pause. Mais tu dois être courageux, reprit-il toujours calmement. Prends ça avec toi dit l'oracle en donnant à Adrien un petit sceau. Remplit le seau avec de l'eau que tu trouveras dans le trou de lefani qui se trouve sur la colline de Foca , car il y a un peu de sa force là-dedans, et tu ne dois pas rater ce que je vais te

dire mon enfant : une fois le seau rempli , tu dois asperger cette eau sur l'oracle, cette possibilité ne marchera qu'une seule fois , si tu la rates, la deuxième fois ne marchera pas, si tu réussis poursuit l'oracle, la voix grave, il sera vite faible, mais pas pour longtemps, tu dois utiliser son moment de faiblesse pour lui arracher la pierre du cou et de le mettre sur sa main droite, jamais la gauche, ensuite, repose la pierre a sa place sur la colline. L'armée touroupaise disparaîtra ainsi que son oracle, soit fort mon enfant, soit courageux.

Adrien regarda le vieillard avec une touche de curiosité, il demanda par curiosité

-Pourquoi sur sa main droite et non sur son front ?

Le vieillard avança vers la fenêtre et regarda le ciel au-dessus de lui

-Si tu veux réussir, tu dois combattre ta curiosité, tu dois la contrôler prévient le vieillard. Mais comme tu tiens tant à le savoir, le vieillard regarda la petite marionnette et dit :

-Ton grand-père avait combattu Archika mais il lui avait donné une chance, simplement dans l'objectif qu'il change son cours de vie, ton grand père était un homme bon et honnête, il mettait loin de lui le mal, raconta-t-il en faisant une pause. Mais aujourd'hui, tu as libéré le méchant et au lieu de changer, il a décidé de semer la pagaille, tuer, détruire... il utilise toujours sa droite et si tu l'attaques dans son point faible ou ce qu'il aime, il sera détruit.
Adrien regarda à son tour la marionnette.
-Mais pourquoi sa droite dit-il en écarquillant les yeux
Le vieillard soupira.
-Tous les objets présents ici, du plus petit au plus grand, je les ai tous reçus de la part des dieux ou d'un esprit de leurs mains droites raconte le vieillard en haussant la voix malgré le calme sur son visage. Tu connais Mangnhia ?
Adrien baissa les yeux
-Oui, le statut au milieu du village, il a dans sa main droite un livre.

-C'est le fruit de la curiosité dit le vieillard en marchant dans la direction opposée, vers une autre porte et c'est là que je me sépare de toi, écoute ton cœur. Pas ta curiosité.
Il rentra dans la petite pièce et ferma la porte derrière lui laissant Adrien avec un flot de sa pensée.

-Pourquoi il met autant de temps, se plaignait Julie
Adrien frotta sa main droite loin de la vue de ses amis.
-Soyons patient ! encouragea Zouki
Julie s'asseyait à sa place.
-Le voilà ! S'exclama Zouki.
Adrien descend la petite colline et avança près de ses amis
-Quoi ? demanda Zouki avec impatience.
-Où est Marie ?
Julie se retourna brusquement
-Elle était là avec nous.

Adrien descend rapidement la vallée, oubliant les douleurs, ils crièrent le nom de Marie, en regardant partout jusqu'à son arrivée au bas de la vallée de Stank
-Marie, cria Julie
-Chut ! ordonna Adrien.
Adrien s'avança et regarda derrière un buisson près d'un monticule et c'est là qu'il trouva Marie, assise par terre, en pleurs, la tête entre les genoux.
-Je préfère attendre ici, balbutia t'elle
-Que fais-tu Marie ? dit Julie
Elle montra du doigt le monticule
-Regarde le village, dit-elle
Adrien monta sur le monticule et regarda en direction du village, il y avait une grande fumée et du feu.
-Ils sont en train de détruire le village, je préfère rester ici au lieu de voir la destruction de mon village ainsi que les statuts de nos parents, raconta Marie le regard lointain.
Adrien descendit du monticule.

-Archika est venu annonça-t-il.

Marie, lève-toi, on est si près du but, ensemble on peut sauver le village.

-Oui, on peut le faire, encouragea Zouki. Ils ne sont pas au courant de nos plans.

-Je te le promets, tout reviendra dans l'ordre, je sais quoi faire, notre oracle m'a donné la solution, dit Adrien

Marie se leva, soudain l'espoir refait surface

-Allons-y, allons sauver le village.

Adrien secoua la tête positivement et raconta les instructions données par l'oracle afin d'éviter les erreurs.

-Nous devons emprunter la route de coniche et de là je vais me rendre seul, sur la colline de Foca

-Seul ? Protesta Marie

-Oui répondit Adrien. Ce sont les ordres de l'oracle

-N'est-ce pas trop risqué Adrien ? questionna Zouki. Je veux dire si tu montes sur la colline, l'oracle va te repérer de loin, de là il pourra t'attaquer.

Adrien secoua le sceau que l'oracle lui avait donné et fixa de nouveau le monticule
-Je sais Zouki, mais je dois le faire, dit-il tristement.
-Nous allons le faire ensemble ajouta Zouki.
-Allons-y
La route était rude, plus dure qu'ils ne l'avaient imaginée, car quitter la vallée de stank pour se rendre sur la route de coniche n'était pas facile du tout. Il y avait des épines partout, des arbres sauvages, des flaques d'eau remplies de boues, des trous ici et là mais ils n'avaient jamais vu de telles choses auparavant. Il y avait une fourragère qui semblait être l'œuvre d'Archika pour éviter tout passage, mais qui non plus, n'était pas sans faille, puisque Zouki avait trouvé un moyen, celui de se faufiler en ajustant la paille doucement, à l'aide du petit sceau. Sur la route, nombreux sont les moustiques qui piquèrent tous les amis à tour de role, soit Zouki, soit Marie, Julie ou Adrien. Après des heures, ils se retrouvèrent sur la route de coniche, de là, ils

regardèrent la colline de Foca, silencieux, le cœur lourd, les pieds engourdis par les roches et veillant à éviter les routes qui vont vers la gauche.

-Nous sommes sur la route de coniche annonça Adrien.

Le petit groupe avança en regardant la petite route qui mène jusqu'à la colline.

-Bon ! les amis, je vais faire vite, attendez-moi ici dit Adrien en fixant la petite route et s'il y a un malheur qui vient vers vous, ne prenez jamais la route qui va vers la gauche et c'est le plus important.

Zouki avança d'un pas.

-Adrien, tu penses être seul dans cette route est une bonne idée ? dit Zouki en désignant la route d'un mouvement de la tête.

-Je sais Zouki, le plus important maintenant est d'obéir aux paroles de notre oracle, dit Adrien en mettant la main droite sur l'épaule de Zouki.

-Tu dois être discret, sinon, ils vont quand même te repérer de loin dit Zouki, le regard lointain. Ne t'inquiètes pas pour cela, je vais te couvrir
Marie regarda Zouki d'un air maussade.
-Que vas-tu faire ? demanda-t-elle.
-Je vais allumer le feu avec mon briquet dans l'intention d'attirer leur attention sur la fumée et non sur la colline
-Est-ce une bonne idée ? demanda Marie.
-T'en as une autre ? Questionna Zouki.
-Non, pas vraiment
-Je vais mettre le feu aux fourragères, ensuite on se met à l'abri.
Adrien regarda tristement Zouki.
-Je crois en toi. Je sais que tu vas en arriver.
-Aller, je t'attends, en fait, nous t'attendons dit-il en donnant le petit sceau à Adrien.
La forêt qui mène vers la colline de Foca était très dense. Il y avait une chaleur moite tout autour. Les arbres étaient alignés et offraient une couleur sombre. Les chaussures d'Adrien éclaboussaient les flaques d'eau, même s'il avait

la peur dans le ventre. Il était déterminé à sauver non seulement ses parents, ses amis, mais aussi son seul et unique village. Il arriva aux pieds de la colline, au moment où il allait grimper, il aperçut une grande fumée, qui couvrait presque la route de coniche

-Zouki l'a vraiment fait se dit-il et je dois me dépêcher avant qu'ils arrivent.

Avec la force et l'espoir dans les veines, Adrien grimpa facilement la petite colline, et remarqua qu'il n'y avait aucune vie comme auparavant. Tout et même, les arbres avaient une couleur terne, le sol était fendu, la couleur verte des feuilles étaient sombres avec l'absence du Kiwi.

Adrien repéra le trou de lefani et sans perdre une minute, il se rua là-dessus. Le trou n'avait aucune profondeur, mais Adrien hissa sa main pour remplir le petit sceau avec de l'eau du trou qui n'avait pas une couleur normale, mais une couleur verte. Adrien remplit le sceau et lorsqu'il s'apprêtait à descendre, il aperçut un bracelet, orné de fleurs, et de petites perles provenant de la mer, il l'enfila dans sa poche et descendit rapidement qu'il put.

Il y avait du feu un peu partout sur la route de coniche, les fourragères dégageaient une chaleur mais le feu n'avait pas rejoint les autres routes.

-Seule la route de coniche est endommagée, se dit-il, j'admire l'intelligence de Zouki.

Adrien couru, traversant les arbres brulés tout en faisant très attention pour ne pas renverser le sceau.

-Adrien

Il se retourna et aperçut Marie.

-Viens par ici, dit-elle tout bas.

Adrien rentra dans la grotte où il remarqua ses amis.

-Jusqu'ici, nous avons fait du bon boulot, dit-il en montrant le sceau à Zouki

-Oui, pourquoi l'eau est-elle verte ? questionna Julie

Adrien regarda le sceau à son tour et haussa les épaules.

Zouki avança vers le petit feu qu'il avait fait avec son briquet et des bois.

-Nous avions vu quelques soldats touroupais anonça Adrien. Ils étaient mêmes debout par devant la grotte mais grâce à la profondeur et l'obscurité, ils n'arrivaient pas à nous voir. Ils sont déjà partis il y a un quart d'heure.

-En venant ici, t'as vu personne ? demanda Julie à Adrien.

-Non, non répondit Adrien, je n'ai vu personne.

- Marie, toi qui lit toujours les histoires anciennes, ce bracelet te dit quelque chose ? demanda Adrien en sortant le bracelet qui était dans sa poche.

Marie avança vers Adrien en prenant le bracelet.

-Oui, je l'ai vu quelque part, mais je ne connais pas son origine

Zouki avança près de Marie et fixa le bracelet

-J'avais vu un exemplaire de ce bracelet lors de ma visite dans le musée de triyaka, on disait que c'était le bracelet du grand sauver du village d'Howen et…

-Tu connais le nom du sauveur ? demanda Adrien en coupant la parole à Zouki.
-Non, non repondit Zouki, pourquoi, est-ce important ?
Adrien frotta la joue en regardant la nuit tombée, il faisant déjà noir dehors.
-Ça semble être le cas répondit Adrien.
-Tiens, boit un peu d'eau, dit Julie en offrant sa cruche à Adrien.
-Merci Julie, reposons-nous ici cette nuit les amis, proposa-t-il en buvant de l'eau malgré que le mystère du bracelet lui noua le cœur.
Il regarda ses amis avant de poser les yeux sur le bracelet en se posant des tas de questions sur son l'origine, son utilité, son auteur. Il décida à la fin, d'enfiler le bracelet, car si on parle de sauveur, on parle quand même de son grand père, celui qui avait un grand cœur, celui qui avait reçu des dons de la part des dieux pour son courage.
À force de penser, il sombra dans un profond sommeil.

Le dénouement

-Adrien, Adrien, réveille-toi

Il n'était pas tout à fait conscient, il avait encore les paupières lourdes. Il mettait ses esprits en ordre pour savoir où il est et ce qu'il avait à faire.

-Le soleil est déjà haut dans le ciel Adrien, exclama Marie

-Tiens, dit Julie en lui donnant quelques fruits. Je les ai cueillis ce matin.

-Merci, dit-il en plongeant le fruit dans son sac et questionna, Où est Zouki

-Il est dehors répondit Julie.

Il se leva et jetât un regard en direction du petit sceau, l'accueillît et en sortant une douce brise refoula la chaleur de la grotte. Adrien tapota le visage avec l'eau de sa cruche et se dit : 'il est maintenant temps'.

-Le plus important est de bâtir notre plan intervient Zouki avant de nous rendre au village.

Adrien s'asseyait sur un grand rocher

-Il me semble que les soldats touroupais sont nombreux, dit-il, mais nous connaissons le village mieux qu'eux. Notre premier objectif est de repérer Archika.

Julie avança en compagnie de Marie.

-Il sera sans doute accompagné des soldats les plus forts dit Julie en coupant la parole à Adrien.

Adrien secoua la tête positivement.

-Oui, tu as raison, nous devons être discret, personne ne doit savoir que nous sommes au village. Notre seule et unique alternative, c'est de nous rendre encore une fois dans notre cabane secrète, de là, nous aurions des nouvelles d'Archika, de quoi est faite sa hutte et que font les soldats.

Zouki fixa Adrien et dit

-Et s'il y a des soldats à l'intérieur de notre cabane ? se plaint Zouki.

-J'en doute fort dit Adrien en se levant.

-Nous allons devoir nous rendre vers la demeure des kikoto, on sera plus prêt de notre cabane conseilla Julie

-Oui, et j'ai le plan pour le reste.

Zouki répondit avec un pincement de la joue

-Nous allons t'aider pour le reste

Adrien hocha la tête en entrant dans la grotte pour récupérer le sceau, puis il sortit.

La route n'est pas longue, ils trouvèrent sans difficulté la demeure des kikoto et de là, ils ne parlèrent point. Ils veuillent à ne pas piétiner les feuilles sèches. Il y avait tellement de désordre, leur cabane qui autrefois ressemblait à une perle, devient à présent des bois noircis, ternes avec de la poussière partout.

-Quel dégât ! s'exclama Julie

-Chut ! ordonna brusquement Adrien.

Il y avait des feuilles éparpillées dans tous les sens à l'intérieur de la cabane, ils fermèrent la petite porte et regardèrent chacun de leurs côtés, pas de vie, il y avait donc aucune présence humaine.

Debout à l'intérieur de la cabane, Adrien observa le village a partir d'une petite fenêtre et de là, il a pu voir les soldats touroupais, mais pas de signe d'Archika. Il a également vu les maisons qui ont

été brûlées, même l'arbre le plus grand du village n'était pas épargné. Ils ont tout détruit
-C'est de ma faute tout ça, reconnu Adrien tristement.
-Nous sommes tous là pour toi, avança Julie.
-Nous sommes tes amis, peu importe l'obstacle ou l'erreur, nous allons le surmonter ensemble, jouta Zouki
Plus d'une demi-heure s'était écoulée depuis qu'ils étaient arrivés. Adrien resta près de la petite fenêtre, observant ici et là tandis que ses amis, les regards lointains, ne voulaient qu'une seule chose. Il faisait déjà nuit, l'obscurité pesait sur les arbres. Adrien, toujours debout, repéra une silhouette qui tenait une grande lumière, il rua par terre en secouant brusquement ses amis
-Zouki, Zouki, non mais Marie.
Zouki se leva d'un bond suivi de Marie
-Que se passe t'il demanda Zouki les yeux écarquillés.
Adrien balbutia

-Ils sont là. Ils... Ils sont dehors, près de la cabane
Julie se leva à son tour
-Quoi ?
L'armée touroupaise avait repéré quelques gestes, ils avaient des robes longues, des bijoux autour du cou, autour de la hanche, dans le pied droit, chacun tenait une lampe
-Passons par notre petite route secrète, poussons les feuilles, aller. Il faut faire vite, ordonna Adrien.
Julie passa la première quand on frappait déjà à la porte, Marie descendit comme Julie suivi de Zouki. Adrien descendit comme les autres en prenant soin de recouvrir le passage secret à l'aide des feuilles. Ils imiterent dans la posture des chats, les deux mains par terre ainsi que les genoux, l'odeur de la terre emplissait la route. Malgré les genoux endoloris par les roches, ils continuèrent sans perdre de temps même s'il y avait des cafards, bien qu'il fût difficile d'avancer avec le petit sceau, Adrien poursuivit comme les

autres jusqu'à ce qu'ils atteignent l'autre bout de la route. Les sueurs partout, les regards effrayés, car ils ne savaient où aller maintenant

-Bientôt les touroupais seront de retour en voyant qu'il n'y avait personne là-bas dit Julie, essoufflée

-Allons dans la hutte de tes parents Adrien, proposa Zouki.

Sans réfléchir, ils coururent en direction de la maison des parents Adrien. Ils rentrèrent sans faire de bruit en fermant la porte après la dernière personne. Marie resta figée en regardant le statut du père Adrien

-La meilleure chose est de réparer tout ça, souffla Zouki.

Julie et les autres s'assirent par devant la porte, et Adrien resta debout par devant la fenêtre, les oreilles aux aguets, le souffle court et régulier.

C'était déjà le matin, Adrien n'avait pas dormi, le statut de son père lui avait enlevé tout signe de vie. Tout à coup, il se sent envahi par le regret et la culpabilité. Il avait le souffle coupé en voyant les petits enfants qui subissaient l'esclavage, la brutalité et d'autres, il réveilla ses amis en allant boire de l'eau dans la cuisine de sa mère, malgré la gorge nouée, en voyant le statut de sa mère, la culpabilité remplaça immédiatement la soif, il toucha la joue de sa mère et l'embrassa.

Puis, il retourna auprès de ses amis.

-Je sais quelque chose maintenant dit Adrien. Je sais où est l'oracle, il est là, au village.

Zouki toucha son épaule et dit :

-J'ai un briquet et des allumettes, si le plan A ne marche pas, je saurai utiliser le B.

-Ne restons pas là, allons-y, le plus discrètement possible, conseilla Marie.

Adrien sortit de sa maison, suivi de ses amis en regardant partout, jusqu'à ce qu'il atteigne le tifou.

Le tifou était une sorte de temple ou les villageois venaient parler aux dieux, prier, discuter entre eux et bien d'autres choses encore. Les murs du temple étaient de couleur bleue et les grandes portes étaient en jaune. Il était gardé par les soldats touroupais parce qu'il n'y a plus de serviteurs, plus de servantes pour venir prier. Archika voulait prendre la place des dieux du tifou. Il n'y avait que les enfants qui nettoient, rangeaient. Certains d'entre eux campèrent à côté de l'oracle pour lui repousser la chaleur.

Une idée ingénieuse

-J'ai une idée en fait.
-Oui Marie répond Adrien en regardant partout, dis-nous.
- Archika ne nous connaît pas, sauf Adrien, on peut se déguiser comment des enfants esclaves. Il ne pensera jamais que nous ne sommes pas les enfants qui étaient toujours là.
Zouki regarda Adrien.
-Pour cela, nous devons nous séparer, ce n'est pas une mauvaise idée
-L'attention des soldats sera sur Adrien, reprit Zouki. On doit se déguiser pour qu'on nous laisse

rentrer dans le tifou. Nous allons crier très fort, il va se retourner pour voir la personne qui ose faire du bruit dans le tifou et c'est à ce moment que tu feras ce que t'aura à faire et le tour est joué.

Se tenant par derrière le tifou, ils déchirèrent leurs vêtements, salirent leurs visages et leurs cheveux. A présent, ils avaient l'air d'un esclave avec leurs pieds nus et sales comme les autres enfants déjà asservis par l'armée des soldats ennemis.

-Bon, on y va proposa Zouki en s'adressant à Julie et à Marie. Succès à toi Adrien, notre ami. Écoute ton cœur, nous comptons sur toi et je sais que tu peux le faire.

-Je le ferai promit-il en regardant le sceau.

Adrien resta accroupi par derrière le tifou, regardant partir ses amis.

À peine qu'ils eurent parcouru le mi- chemin, un Touroupais leur donna à chacun un panier.

-Allez bande d'inutiles, apportez ces paniers à l'intérieur du tifou et nettoyez la chaise de notre dieu.

Ils obéirent sans rechigner.

-Oui monsieur, marmonna Julie malgré le poids du panier.

Adrien marcha doucement en regardant partout, les touroupais avaient même volés les objets les plus précieux du village, brûlèrent les monuments importants. A quelques pas de là, il aperçut une petite porte. Il la pénétra et vit une pièce. Il visita la pièce avec autant de diligence qu'il a pu sans se faire démasquer. Il y avait beaucoup de livres, des oiseaux dans des cages, de la nourriture dans un dépôt. Alors qu'il visita la pièce, il entendit des pas vifs s'approcher. Il se cacha rapidement avec le sceau d'eau, c'est là qu'il vit apparaitre Archika, vêtue d'une robe longue blanche lumineuse ornée d'or autour de son cou, sa hanche et son pied droit. Il était gardé par deux soldats. Adrien le vit rentrer dans quelque part et sortit avec une petite boîte qu'il tendit aux soldats qui l'accompagnaient. Soudain, il resta immobile, regardant toute la pièce, comme pour inspecter puis, il s'en alla avec les soldats à sa trousse. Adrien sortit après quelques minutes et s'aventura à l'intérieur du tifou à labris des soldats touroupais, il aperçut Marie qui, tête baissée, nettoya une chaise. Pourquoi Archika est aussi méchant, s'interrogea-t-il ? Pourquoi qu'il détruit les enfants, eux qui sont si innocents ?

Face à face.

-Tiens tiens, regardons qui nous avons là. J'attendais trop ce moment mon petit, pour te voir en pièce comme ses enfants, toi-même, fils de Lachka.
Adrien se retourna et fit face à Archika en serant plus fort le petit sceau
-Tu sais ce que j'admire chez toi mon petit ? demanda Archika. C'est ton courage, en s'approchant d'Adrien.
Adrien repéra le kiwi autour de son cou, il était de grande taille, il avait un regard menaçant.

-Tu es charitable alors que ton grand-père ne l'était pas du tout. Cette terre m'appartient et je suis le dieu de tout le monde ici, personne ne pourra nous arrêter. Quant à toi petit curieux, tu ne pourras plus jamais t'échapper

-Pourtant, je t'ai quand même aimé. Je t'ai libéré du trou, j'e t'ai même offert le kiwi ajouta Adrien avec un air inquiet mais déterminé.

-Garde tes objections pour la fin, petit, laisse-moi maintenant me réjouir de ta présence, coupa Archika en riant bruyamment. Alors comme ça t'es venu pour la vengeance ! Oh quelle belle histoire ! dit-il en ricanant. De toute sa force avec un air de dédain. Elle est bonne celle-là, je savais que tu étais curieux mais pas nouvelle cette histoire, dit-il en riant.

Adrien regarda la grande salle qui contenait les grandes chaises et des tables et remarqua enfin Julie et Zouki en train de préparer leur plan. Il ne pouvait pas le vaincre, même s'ils avaient perdu une fois.

Le kiwi était très puissant.

Archika alla s'asseoir paisiblement et fixa Adrien.

-Ton grand père a été si méchant, si dure avec moi. Toi fils, oui toi, je vais t'envoyer vivre dans un endroit isolé où tu seras comme les autres marmonna-t-il, l'air menaçant et méchant.

Adrien le fixa à nouveau et dit : 'Je n'ai pas peur de toi, ni de l'endroit le plus isolé'

-Calme toi petit ! tu sais bien que j'obtiens tout ce que je veux ajouta-t-il, les yeux encore menaçants.

-Garde, cria-t-il d'un coup, Garde.

Avec un sourire espiègle Archika regarda Adrien, il se leva et marcha lentement

-Ne t'inquiètes pas, tu feras la connaissance de l'endroit le plus isolé très bientôt !

Lança -t-il avec les joues crispées

Alors que les soldats avencèrent vers Adrien, un bruit très fort retentit, alarmant les enfants qui sont dans le tifou. Il y avait une grande stupeur dans les yeux d'Archika. Zouki ne s'était pas arrêté ainsi que Julie, le bruit aigu persista, ils continuèrent de frapper de plus en plus fort, provoquant une petite faiblesse chez Archika. Il semblait anéantir et perdir le contrôle de ses mouveents.

Adrien le regarda et serra le petit sceau.

-C'est maintenant ou jamais Adrien cria Zouki de sa cachette, repérer par les touroupais.

D'un geste rapide, Adrien aspergea Archika de l'eau du sceau, lui arrachant un cri qui retentit res loin de la maison.

-Non, pas ça non, gesticula Archika avec rage et stupéfaction.

Rapidement, Adrien arracha le kiwi de son cou et le mit sur sa main droite, Archika tomba au sol en cet instant, il resta là, les yeux profonds et froids.

-J'avais douté de ton intelligence, je ne savais pas que..., que... tu pouvais me vaincre avec l'eau maudite par les dieux, maintenant je souffre, mon cœur souffre, mon âme se déchire, aide moi petit dit-il en toussant

Je vais mourir petit, j'ai été maudit par tout le monde même par ma propre eau. Le kiwi m'a tout enlevé dit-il tristement en montrant sa main qui devient rouge. Plus de puissance, enfile-moi le bracelet petit, je serai ton élève, aide moi, aide moi. C'est le bracelet de ton grand-père, il pourra m'aider, aide moi petit.

Adrien resta immobile, le cœur battant à la chamade, le kiwi brilla entre ses mains de plus en plus fort, il regarda Archika qui s'affaiblit de plus en plus.

-Non, plus maintenant, tu es un méchant et les méchants ne pourront pas vivre avec nous au village dit Adrien d'un ton ferme.

Archika resta sur le sol, impuissant.

La bonne nouvelle

Oui, grâce à ses amis et complices de toujours Adrien l'a fait. Il a réussi.

Comme une fumée, tous les touroupais disparaissent. Ils n'étaient que le fruit des illusions créés par Archika pour terrifier les habitants du village. Et, dans un long soupir, l'oracle de touroupa passa de vie à trépas, laissant derrière lui une haine, un regret et une cupidité à nulle autre pareille.

Adrien se retourna et fit face à la grande salle.

-Tout était claire maintenant se dit -il. S'étant retourné pour voir ce qu'il en est d'Archika, il fut stupéfié der voir que ce dernier avait été transformé en une feuille dorée et on le jeta dans le trou de lefani. Le kiwi avait absorbé toute sa puissance et grâce à la curiosité d'Adrien il avait repris sa forme mais en même temps il avait oublié que cette eau dans le trou de lefani était ce qui représente le plus danger ou sa principale source d'anéantissement. Voilà déjà des lustres son âme était dans le trou, Archika l'avait ignoré. Il avait même rejeté l'idée que l'ancien bracelet de Maproko en mélange avec l'eau du trou et la malédiction des dieux pouvaient le tuer. Pour lui, la seule et unique puissance était le kiwi.

-Adrien, Adrien, on l'a fait !

Adrien donna un câlin à son ami.

-C'est grâce à votre idée, je n'aurais rien pu faire sans vous dit -il en regardant Marie et Julie.

-On fait quoi maintenant demanda Julie.

-Je dois mettre ça sur la colline de Foca dit Adrien.

Ils coururent ensemble, l'espoir dans le cœur, affolés et impatients de revoir leurs parents. Adrien monta seul et regarda le kiwi dans sa paume avant de l'installer à sa place, il resta un bon moment, regardant la couleur vive du kiwi, tout revient dans l'ordre, l'amour, la joie, le bonheur vont revenir sur l'île de micthika et dans le village d'Howen

-Félicitations mon enfant

Adrien se retourna rapidement pour faire face à l'oracle de la vallée de Stank.

-Va maintenant et souviens toi que la curiosité n'est pas un acte de bravoure, apprends de tes erreurs, conseilla l'oracle avec un petit sourire.

Adrien hocha la tête positivement et descendit rapidement la colline.

-De là ou je suis, je peux voir la lumière du kiwi dit Marie
- Oui, allons au village maintenant.
Ils traversent la route de coniche, le cœur remplit d'espoir, ils voulaient voir le village, mais ce qu'ils voulaient vraiment voir, c'était leurs parents. Ils rentrèrent la joie au cœur et virent leurs parents mais cette fois-ci, ils ne sont pas en statue et pouvaient bouger à volonté.
-Papa, maman ! cria Adrien
-Fils, dit Lachka en embrassant son Adrien, son héros téméraire et têtus.
Adrien regarda ses parents avec sincérité et confessa : 'Je suis vraiment désolé père, mère, j'ai été si stupide, si curieux, j'ai failli perdre les personnes les plus importantes de ma vie, pardonnez-moi dit-il, les larmes aux yeux.
-C'est déjà fait mon grand dit la mère, Manhi tu as du courage et je suis tellement fière de toi. Aller raconte-moi tout maintenant.

Adrien lança un regard en direction de ses amis, ils sont comme lui, contents de retrouver la chaleur parentale et c'était grandement suffisant. Adrien se blottit dans les bras de ses parents, tout était revenu à la normale, plus de peu, ni de craintes encore moins de chagrin dans les parages du village. Ils recommencent à vivre au village comme une famille, réparant chaque jour les séquelles, les désordres, les mauvais traitements, chaque jour, du mieux qu'ils pouvaient. Les plantes reprenaient vies, les oiseaux volèrent à nouveau. Les champs de maïs redevenaient verts, l'eau coulait en abondance, les parents travaillaient, réparant leurs maisons. Les enfants jouaient comme si c'était leur dernière fois. Adrien et ses amis se retrouvèrent chaque jour, comme d'habitude, pour jouer et pour reconstruire une autre cabane encore plus solide, pour explorer de nouvelles choses. Chacun fait montre leur joie à leur manière.

Adrien ne se sépara jamais du bracelet de son grand père, même étant trop petit, il rajouta du fil et l'ajusta à sa taille afin qu'il puisse toujours le porter. Au moins, il a appris de son erreur. Mais la plus importante des leçons qu'il a apprises, c'est que la curiosité n'est pas un acte de bravoure mais elle peut conduire à plein d'expériences.

Fin

Biographie de l'auteur :

DORCENAT Michelove est née le 1er février 2002 à Port-au-Prince. Elle a effectué ses études primaires à Petit Poucet et ses études secondaires à l'Institution Mère Délia. Un mois après son bac, elle a été admise à l'Université Quisqueya pour étudier les sciences juridiques et politiques.

Michelove allie sa passion pour la justice à sa créativité littéraire. Elle est l'auteure de plusieurs poèmes, dont quelques titres : « Eskize m », « Fènwa », « Lè m wè l », « Enseparab », « Une fille », « Lè w manyen m », « L'important », « Adieu mes 17 ans », « Ou se », « Yon marabou », « Dlo tristès inonde peyi m », et bien plus encore.

Elle poursuit son parcours littéraire avec son premier roman, « Une troublante vérité », qui sera suivi de son deuxième roman, « La triple vie de Natha ». Elle explore également la bande dessinée avec « Un regard de trop ».

Ses études en droit lui permettent d'acquérir des compétences analytiques et de rédaction pointue, tandis que son amour pour l'écriture nourrit son imagination. Déterminée, elle participe à plusieurs concours entre 2023 et 2024 :
Art Preneur, Poetic World Order, et DNL (Direction Nationale du Livre). Elle montre avec succès sur scène sa passion pour le monde littéraire, plus précisément la poésie.

Fusionnée, plus minée que jamais, Michelove cherche à fusionner ces deux mondes en constante évolution pour créer un impact positif et inspirant, où la plume et la loi se rencontrent pour raconter des histoires qui transcendent les barrières du temps et de l'esprit.

CSimon Publishing LLC
6719 Tower Dr. Alexandria VA. 22306
+1 862 293 6540
csimon@pwo7.com

Made in the USA
Columbia, SC
26 November 2024